Harzfeger

von

Lore I. Lehmann

Impressum

Umschlaggestaltung: Peter Regenfuß

© 2016 Lore I. Lehmann

Herstellung und Verlag: BoD – Books on Demand,
Norderstedt
ISBN 978-3-8423-7616-8

Frau Kohrs war am frühen Nachmittag wieder zu Hause, nach einem nur mäßig anstrengenden Arbeitstag. Sie bereitete sich einen kräftigen Kaffee, fügte einen kleinen Schuss Cognac hinzu, und oben auf das Ganze kam ein Sahnehäubchen aus der Sprühdose. Zufrieden nahm sie sich das widerspenstige und daher unvollendet gebliebene Sudoku vom Frühstück noch einmal vor.

Kaum hatte sie eine der noch fehlenden Fünfen gefunden, klingelte es an der Tür. Missmutig zog sie ihre Hausschlappen an und öffnete die Wohnungstür. Das Gesicht des Polizisten in Uniform kannte sie, sie hatte ihn in den Straßen von Bad Lauterberg gelegentlich gesehen. Er zeigte ihr seinen Ausweis.

„Sind Sie Frau Kohrs?"

Sie nickte und zog fragend die Augenbrauen nach oben.

„Haben Sie eine Nichte?"

„Ja, sicher. Genau genommen drei. Sind aber alle ein bisschen jung für Sie!"

Etwas verlegen kam von ihm nur: „Kann ich kurz in der Wohnung mit Ihnen sprechen?"

Jetzt wurde Frau Kohrs doch mulmig zumute. Irgendetwas musste passiert sein, aber ein eindeutiges

Katastrophennachrichtenüberbringergesicht hatte er nicht.

„Um welche meiner Nichten geht es überhaupt?"

„Tja, das weiß wohl noch keiner. Also: Mein Kollege aus Bad Grund hat mich angerufen. Einem Spaziergänger ist ein Mädchen, hellblond, blauäugig, so zwischen zehn und dreizehn Jahre alt, im Gelände aufgefallen, unter einem Baum. Nicht verletzt, aber etwas zerkratzt, so als wäre sie aus dem Baum ins Gebüsch gefallen."

Ach, dachte Frau Kohrs erleichtert, irgendwo im Gelände und dann noch Baum und Gebüsch - das war jedenfalls nicht Susanne, Gott sei Dank. Also eine von den Zwillingen ihrer Schwester. Wilde Mädchen, die eine wie die andere. Elf Jahre alt und eigentlich sehr süß in ihrem Ungestüm.

„Wie heißt das Mädchen denn? Und warum wenden Sie sich an mich und nicht an die Eltern?" fragte sie.

„Na ja, das ist es ja. Die redet nicht. Zuerst dachten die Kollegen, sie ist vielleicht taubstumm oder unter Schock, aber als die miteinander beratschlagten, ob sie jemanden vom Jugendamt benachrichtigen sollten, da konnte das Kind plötzlich doch sprechen und sagte einen Satz, nämlich, dass sie nach Bad Lauterberg zu ihrer Tante Kohrs wollte. Mehr konnten die Kollegen nicht aus ihr rauskriegen."

Ach verflixt, dachte Frau Kohrs nun, also doch Susanne. Die Zwillinge waren elende Quasselstrippen, die keine zwei Minuten ihren Mund halten konnten.

Susanne war die Tochter ihres Bruders, und sie war so anders als ihre Cousinen, so sehr anders als überhaupt jedes Kind. Der Polizist wollte nun die Adresse der Eltern wissen, damit das Mädchen ihnen zugeführt werden könnte. Das wollte Frau Kohrs verhindern, sie wollte Susanne selbst ‚zuführen', aber die Adresse musste sie natürlich doch angeben. Der Beamte versprach, den Kollegen in Bad Grund zu bitten, noch eine halbe Stunde lang nichts zu unternehmen, bis sie selbst dort eingetroffen war.

Also nichts mit Kaffee und Sudoku. Sie zog schnell ihre Stiefeletten an, griff sich Jacke und Tasche, lief die Treppe hinunter zum Hof und stieg in ihren kleinen grünen Flitzer. In dieser Situation musste sie sich wohl um das Kind kümmern, ob sie wollte oder nicht.

Sie hatte sehr wenig Kontakt zur Familie ihres Bruders. Mit ihm kam sie so einigermaßen zurecht, aber mit ihrer Schwägerin überhaupt nicht. Sie konnten sich gegenseitig nicht ausstehen. Daher war sie selten dort zu Besuch und kannte das Kind auch nicht besonders gut. Und - ganz ehrlich gesagt - sie fand Susanne eher unangenehm und nicht sonderlich sympathisch. Jedoch rührte es sie immer wieder, anscheinend ihre Lieblingstante zu sein. Vielleicht überhaupt die Einzige, für die Susanne Zuneigung fühlte. Ach, von einem Kind geliebt zu werden, kann einen ganz schön unter Druck setzen, dachte sie, während sie auf die Bundesstraße einbog.

Frau Kohrs war eine flotte Fahrerin, und so hielt sie tatsächlich bereits nach einer halben Stunde vor dem

Polizeikommissariat in Bad Grund. Als sie eintrat, erhob sich der diensthabende Beamte, und sie bemerkte sofort, sie hatte durch ihre bloße Erscheinung seine ganze Aufmerksamkeit. Sie kannte das. Sie war groß und sehr schlank - ihre rundliche Schwester nannte das sogar hager. Ihr Gesicht war schmal, vielleicht etwas knochig, ihre Nase vielleicht ein ganz klein wenig zu scharf. Ihre Augen waren groß und dunkel und sehr schön, das fand sie selbst. An ihren dunkelbraunen langen Locken gab es auch nichts zu auszusetzen. Schick war sie sowieso. Für diesen vierschrötigen Polizisten von vermutlich Ende 30 war das Alter von Mitte 40, das sich ihrem Ausweis entnehmen ließ, offensichtlich nicht unattraktiv. Wie auch immer: Sie konnte zwar keine Gedanken lesen wie ihre Schwester, aber in seinen Augen sah sie ein eindeutiges ‚Oh! Rassefrau!'

Gut so! Mit gewinnendem Lächeln nannte sie ihren Namen und fragte nach ihrer Nichte. Schlagartig veränderte sich die Szene: Der Beamte fiel geradezu in seinen Stuhl zurück, stöhnte, wies grimmig auf seine verbundene rechte Hand und presste schließlich heraus:

„Also die Tante." Er schüttelte den Kopf. „Das Kind ist schon bei seinen Eltern."

„Aber ich hatte doch extra darum gebeten, auf mich...."

„Was glauben Sie wohl", unterbrach er sie, „was hier los gewesen ist. Das war doch kein Kind, das war eine Furie. Hier!" Er hob anklagend seine Hand. „Gebissen hat sie mich und war nicht zu bändigen! Ihre Eltern mussten sie abholen."

Frau Kohrs konnte gar nicht fassen, was sie da hörte. Doch nicht Susanne!? Aber ihr Bruder hätte ja wohl kaum ein fremdes Kind mit nach Hause genommen.

„Ich schließe hier gleich ab, um vier ist Dienstschluss. Und dann lasse ich mir eine Spritze geben. Morgen bekommt das Jugendamt einen gepfefferten Bericht. Eine Anzeige wegen Verletzung der Aufsichtspflicht werden die Eltern wohl auch zu erwarten haben. Tut mir leid. Die werden sich noch umgucken!"

‚Waltraud Kohrs', sprach Frau Kohrs in Gedanken zu sich selbst, ‚jetzt wirst du zeigen, was du kannst. Dies hier wird ja echt ernst.'

Sie konzentrierte sich auf den Mann und seine Verletzung und zeigte ihr Mitgefühl. Sie erkundigte sich nach der Tiefe des Bisses, dem Ausmaß der Schmerzen und wollte wissen, wie er ihn zuerst versorgt hatte. Sie empfahl ihm dann eine sehr wirksame – so sagte sie – desinfizierende Salbe aus der Apotheke. Den Namen schrieb sie ihm gleich auf, obwohl er abwehrte. Ein klein wenig schien er besänftigt zu sein.

„Es tut mir so leid", sagte sie, „als Polizist haben Sie ja sowieso einen ziemlich gefährlichen Job, und da denkt man doch nicht, dass ausgerechnet von einem kleinen Schulmädchen irgendeine Gefahr ausgehen kann."

„Ja, und wenn Sie wüssten, was der Anlass war! Das Mädel hatte etwas unter ihrem Anorak verborgen, ich wollte sehen, was es war. Da wurde sie plötzlich ganz wild und wehrte sich, der Gegenstand fiel herunter, und als ich ihn aufheben wollte, biss sie mich, und wie! Und jetzt raten Sie mal, was das für ein Ding war!"

Auffordernd sah er Frau Kohrs an.

„Keine Ahnung. Ein Handy? Ein Nintendo?"

„Seh'n Sie, so was denkt man doch, aber nein – es war ein Hand-fe-ger, ein stinknormaler, alter, gebrauchter Hand-fe-ger!"

Geradezu triumphierend ließ er diesen Satz im Raum stehen. Frau Kohrs war tatsächlich so verblüfft, dass der Beamte mit seiner Wirkung hoch zufrieden sein konnte. Doch sie fasste sich schnell.

„Ach Gott", sagte sie, „dieses Kind ist seit einiger Zeit wirklich ganz schön durch den Wind. Man weiß nie so recht, was in ihrem Kopf vorgeht. Die Pubertät, wissen Sie. Eine schwere Zeit für die Eltern. Ich weiß nicht, ob Sie Erfahrung damit haben."

Das war ein Versuch, und: Volltreffer!

„Ach, wem sagen Sie das, davon kann ich wohl ein Lied singen. Erst vorhin hat meine Frau angerufen, weil der Bengel... Na ja, entschuldigen Sie, das ist privat, gehört nicht hierher. Aber manchmal kriegt er gehörig welche von mir verpasst, das könnse mir glauben."

‚Ja, du kleines Arschloch', dachte Frau Kohrs, ‚ich glaube es dir'. Sie nickte, lächelte ihn verständnisvoll an und sagte:

„Wie gut, dass die Pubertät irgendwann mal ein Ende hat und fast alle Kinder dann doch ganz vernünftig werden. Mein Bruder hofft ja auch, dass die Familie diese Zeit halbwegs unbeschadet übersteht. Eine sehr ordentliche Familie, wissen Sie. Ihren Bericht für die

Akten müssen Sie natürlich schreiben, das ist klar. Aber ich bin wirklich froh, dass Sie mit Ihrem Verständnis für die Lage der Eltern die Situation nüchtern bewerten, das könnte ein junger Kollege ohne Familie sicherlich noch nicht nachvollziehen. Ich nehme an, Sie werden das Jugendamt gar nicht brauchen."

Kommissar Sven Hahne – seinen Namen hatte sie inzwischen auf einem Schild entdeckt – stutzte wegen der Wendung, die dieses Gespräch offensichtlich genommen hatte. Bevor er sich klar war, ob er vielleicht überrumpelt werden sollte, nutzte sie den Augenblick der Verunsicherung, überreichte ihm ihre Visitenkarte und fragte, ob sie in den kommenden Tagen noch einmal vorbeikommen dürfe, um sich nach seiner Hand zu erkundigen.

Ihre geheimnisvollen Augen entwaffneten ihn; bei der Vorstellung eines baldigen Wiedersehens schlug sein Herz schneller. Auf ihrer Visitenkarte stand „Waltraud Kohrs, Senior Consultant, HHRS, Harz Health Resort Syndicate, Bad Lauterberg, Germany", und auch davon war er beeindruckt. Das hörte sich doch nach was an. Sie war nicht irgendeine Tussi vom Lande, er hatte es ja gleich gespürt.

Frau Kohrs verabschiedete sich, nicht unzufrieden. Das Jugendamt hatte sie wahrscheinlich abwenden können, das war wichtig.

So, genug rumgesülzt, jetzt musste Tacheles geredet werden. Zu ihrem Bruder in Gittelde waren es nur fünf Kilometer.

Die Familie war am Küchentisch versammelt.

„Und?", begann sie nach der knappen Begrüßung, „habt ihr denn euren tollen Handfeger wieder mitnehmen dürfen?"

Frau Kohrs' Bruder stöhnte nur, seine Frau sah ihre Schwägerin giftig an, Susannes Augenlider flatterten kurz, während sie die Tischplatte betrachtete.

„Kein Wunder, dass ihr nach dieser Glanznummer alle stumm geworden seid. Was könntet ihr denn auch noch sagen, nachdem ihr beinahe die ganze Community in Schwierigkeiten gebracht habt? Vielleicht habe ich eben bei diesem Polizeikommissar das Jugendamt noch abwenden können, aber es war verdammt knapp."

Aufgebracht schimpfte die Schwägerin: „Wieso hackst du denn auf uns allen rum? Deine tolle Nichte, die dich ja immer sooo bewundert – die hat doch Mist gebaut, und nur sie allein. Aber klar, wie immer willst du nicht sehen, was das für eine ist. Jetzt beißt sie schon einen Menschen, sonst quält sie ja nur Tiere."

„Was redest du denn da?", äußerte sich nun ihr Mann.

„Ach, ist doch wahr. Sie quält Katzen." Jeder am Tisch wusste, dass Frau Kohrs Katzen besonders gern hatte.

„Hör auf", Susannes Vater schaute seine Frau ungehalten an, „das war vor zwei oder drei Jahren", und Susanne murmelte in Richtung Tischplatte „machich-nichmehr". Doch dann hob sie den Kopf, sah ihre Mutter voll an und sprach laut und deutlich:

„Du hast vorgestern eine Hummel mit einer Nadel totgestochen und dabei ekelig gelacht."

Ihre Mutter wurde rot, konnte einen Moment lang vor hilfloser Wut nichts mehr erwidern außer: „Eine Hummel ist keine Katze!"

Susanne lächelte schräg, mit längst wieder gesenktem Blick. Alle waren erst einmal verstummt.

Ach, was für eine reizende Familie, dachte Frau Kohrs. Ich könnte jetzt so schön zu Hause sein und mich mit Nicki in der Tequila Lounge zu einem Feierabend-Cocktail oder einem Espresso treffen. Aber nein, keine Chance heute. Ihr Verantwortungsgefühl war gefordert, gegenüber der Community und auch diesem merkwürdigen Kind gegenüber.

„Macht das unter euch aus", nahm sie wieder das Wort. „Wir müssen jetzt etwas Grundsätzliches besprechen. Fangen wir doch mal mit diesem Handfeger an."

Doch da riefen - ganz alarmiert - ihr Bruder und ihre Schwägerin gleichzeitig „Trudis!" der eine und „Waltraud!" die andere. „Doch nicht vor dem Kind!"

„Meine Güte!", schnappte Frau Kohrs genervt und wütend, „als wollte ich jetzt Porno mit euch reden! Also, Susanne, geh bitte rauf auf dein Zimmer!"

„So, und jetzt Butter bei die Fische", fuhr sie fort, nachdem sie das Kind auf der Treppe nach oben gehört hatten. „Ihr habt ihr anscheinend immer noch nichts über ihre Herkunft verraten?"

„Nein, haben wir nicht, und wir haben es auch nicht vor, sie weiß nichts davon und braucht es auch nicht zu erfahren."

„Sie weiß nichts davon", wiederholte Frau Kohrs spöttisch, „wie kann man sich nur so naiv in die eigene Tasche lügen, so mutwillig blind sein! Wie erklärt ihr euch denn den Unfall mit dem Handfeger? Das möchte ich jetzt gerne wissen. Wollt ihr sagen, es ist das Normalste von der Welt, dass eine Dreizehnjährige mit einem alten Handfeger spazieren geht und dann irgendwie damit aus der Luft oder aus einem Baum ins Gebüsch fällt? Wie hat sie euch denn das erklärt?"

„Sie hat noch gar nicht darüber geredet", entgegnete der Vater.

„Wir haben sie auch nicht gefragt", fügte die Mutter hinzu. „Susanne ist sowieso eigentlich ganz normal, in der Schule kommt sie auch gut mit."

„Na ja, ganz so ja nun auch nicht", meinte dazu der Vater. „Die Lehrerin war kürzlich zu einem Hausbesuch bei uns und hat ziemlich lange mit uns geredet."

Und – schwups – war man beim Thema Schule. Es stellte sich heraus, dass die Lehrerin anfangs von Susannes Leistungen in der Schule gesprochen hatte: Sie gehörte in Mathe zur schwächeren Hälfte der Klasse, aber beim Rechtschreiben und Lesen war sie eigentlich die Beste, stürzte jedoch immer wieder ab und sank dann sogar bei diesen ihren Stärken unter den Klassendurchschnitt. Gründe dafür waren der Lehrerin nicht erkennbar. Mündlich beteiligte sie sich angeblich in keinem Fach, und anscheinend, das behauptete die Lehrerin, redete sie nie mit ihren Mitschülern. Susannes Verhalten sei so ungewöhnlich, dass die Eltern etwas über den bisherigen Verlauf ihrer Kindheit erzählen sollten.

„Und du hast auch noch gemeinsame Sache mit der gemacht!", klagte Susannes Mutter ihren Mann an.

„Ach was, ich habe nur zu ihr gesagt, dass ich denke, irgendetwas könnte unserem Kind passiert sein, so mit drei oder vier Jahren etwa. Damals war sie doch plötzlich ganz verändert. Das war doch auch so!"

Frau Kohrs hatte das große Bedürfnis, nach Hause zu fahren und in Ruhe über alles nachzudenken.

„Ich muss los, aber ich möchte sehr bald wiederkommen und mit euch über das große Thema reden, dem ihr vorhin wieder ausgewichen seid. Glaub' mir", und jetzt sprach sie ihren Bruder direkt an, "ihr macht eurem Kind das Leben unerträglich, und ich werde versuchen, euch das verständlich zu machen. Vielleicht können wir ja gemeinsam eine ordentliche Lösung finden."

Ihr Bruder nickte, ihre Schwägerin sah feindselig aus dem Fenster, und Frau Kohrs verließ das Haus mit dem Bewusstsein, sich völlig neue Probleme aufgeladen zu haben.

Um sich zu erholen, fuhr sie erst einmal, trotz ihres total unangemessenen Outfits, direkt zum Wurmberg. Sie wollte frische Luft einatmen, den Wald rauschen hören, Kräuter riechen und vielleicht jemanden aus der Community antreffen. Am Fuß der sogenannten Hexentreppe zog sie ihre hochhackigen Stiefeletten aus und ging barfuß weiter. Obwohl sie hier heute allein blieb, wurde sie langsam wieder ausgeglichener. Als ein Wind aufkam, atmete sie tief durch und fasste einen Entschluss: Sie wollte zwei Tage Urlaub vom Büro nehmen, eine Auszeit von ihrer Tarnwelt. Ja, genau! Eine wunderbare Idee! Schon ging es ihr besser.

Zwei Tage lang war Frau Kohrs dann also nicht zu Hause in ihrer Wohnung. Sie hatte vorher ihre Katzen Miepie und Wuschel, wie schon bei anderen Gelegenheiten, zu ihrer Nachbarin, Frau Schäfer, gebracht und danach allerhand nützliche Utensilien in ihrem Kofferraum verstaut. In einem Anfall von Nostalgie und ein bisschen als Gag hatte sie auch noch in letzter Minute einen alten Reisigbesen hinzugefügt, ein Erbstück von ihrer Mutter. Sie war nach Wernigerode gefahren und hatte dort ihr Auto untergestellt. Danach wurde sie von keinem Menschen mehr gesehen.

Jedenfalls zwei Tage lang. Als sie schließlich wieder in ihrem kleinen grünen Honda saß, musste sie sich erst einmal auf ihr gewohntes gesittetes Verhalten konzentrieren. So zügellos wie in diesen zwei Tagen und Nächten hatte sie sich schon lange nicht mehr ausgelebt, es war wüst und herrlich gewesen! Allein schon wegen der rauschhaften Geschwindigkeiten, mit denen sie im Sturm den ganzen Harz durchquert hatte, wäre ihr

Ausflug ein Erfolg gewesen. Na ja, und dann noch... Also, es hatte noch mehr Highlights gegeben. Im Innenspiegel des Autos überprüfte sie ihre Frisur und zog ihr Lippenrot nach. Versonnen dachte sie noch einmal an das Treffen mit den wilden Zaubergesellen an der Luisenklippe, atmete tief und betrachtete sich im Spiegel durch halbgeschlossene Lider. Sie lächelte, durchtrieben und zufrieden.

Aufgefüllt mit Energie konnte sie sich nun gut umstellen und das Leben in Bad Lauterberg mit seinen kurbadtypischen kleineren Aufregungen wieder aufnehmen. Vor ihrer Heimfahrt kaufte sie noch im Café Wiecker am Markt eine Tüte Pralinen für Frau Schäfer. Übermütig, wie sie sich gerade fühlte, wählte sie die Sorte ‚Harzer Hexen Trüffel'.

An den folgenden Tagen gelang es Frau Kohrs, sich selbst davon zu überzeugen, dass sie im Büro viel Arbeit nachholen musste und momentan überhaupt keine Zeit und Muße hatte, sich weiter um die leidige Geschichte in Gittelde zu kümmern.

Doch schneller als sie wollte wurde sie wieder hineingezogen: Ihre Schwägerin rief an, völlig aufgeregt. Sie hatte gerade mit Susannes Lehrerin telefoniert.

„Du musst unbedingt herkommen und mit dieser Frau reden! Die stürzt uns ins Unglück! Nun soll Susanne auch noch zu den Geistigbehinderten, stell dir das vor! Sie wird doch jetzt schon überall gehänselt. Sie ist nur noch mürrisch, vor allem seit der Sache mit dem Polizisten. Ich kann überhaupt nicht mehr mit ihr reden, und ihr Vater auch nicht. Die Lehrerin hat auch noch was vom Jugendamt geredet." Und dann fügte sie hinzu: „Bitte, Waltraud, komm schnell her. Ich bitte dich! Susanne ist so komisch."

So offen hatte ihre Schwägerin noch nie zu ihr gesprochen, es musste ihr sehr ernst sein. Frau Kohrs versuchte vergeblich, noch mehr Einzelheiten zu erfahren, und so sagte sie schließlich:

„Gut, in Ordnung, ich werde mit der Frau reden, aber du musst den Termin mit ihr abmachen und sie vor allem von jeglicher Schweigepflicht mir gegenüber entbinden! Denke daran, denn sonst können wir das Ganze gleich lassen. Ich könnte an jedem beliebigen Tag außer Dienstag nach Schulschluss in Osterode sein."

Und so fuhr sie dann drei Tage später zu Susannes Schule, einer Förderschule. Ein wenig hatte sie ja gehofft, dort noch den Rektor anzutreffen, der zwanzig Jahre zuvor ihr Wohnungsnachbar gewesen war und den ihre Freundin und sie immer nur den ‚schönen Eberhard' genannt hatten. Ob er sich wohl wie alle Menschen in der Zeit sehr verändert hatte? Aber sie konnte das leider nicht überprüfen, denn außer Susannes Lehrerin, dem Hausmeister und den Putzfrauen war das Gebäude zu dieser Zeit schon leer.

Die Lehrerin, Frau Bergner, lud sie ein, an einem Ecktisch im Lehrerzimmer Platz zu nehmen und bot ihr einen Kaffee an. Sie habe genügend Zeit, um ausführlich über Susanne sprechen zu können. Gut, kein schlechter Auftakt.

Frau Bergner sah sie abwartend und aufmerksam an, als wollte sie sich erst einmal ein Bild machen von dieser Tante. Aber Frau Kohrs war jetzt nicht nach langsamem Herantasten zu Mute, sie fragte gleich nach dem Vorhaben, Susanne auf die Schule für Geistigbehinderte zu schicken, denn diese Information hatte sie tatsächlich sehr irritiert.

„Ach um Gottes Willen, was für ein Missverständnis! Deshalb also ist Ihre Schwägerin mir gegenüber so – na ja, ich muss schon sagen – ausfallend geworden!"

Obwohl Frau Kohrs sich kurz darüber ärgerte, dass sie ganz gegen ihre Gewohnheit ihrer Schwägerin, dieser dummen Kuh, einfach alles geglaubt hatte, war sie erleichtert. Die Version, die sie nun von der Lehrerin hörte, kam ihr doch überzeugender vor:

Seit etwa drei Wochen waren die zaghaften Fortschritte, die Susanne in den vergangenen eineinhalb Jahren gezeigt hatte, plötzlich gar nicht mehr erkennbar. Schon vorher hatte es manchmal unerklärliche Einbrüche gegeben, vor allem bei ihrer sonst so ordentlichen Schrift, bei der Heftführung, bei ihrer Rechtschreibung. Sie hatte bei Anweisungen nicht mehr aufgepasst und alle Aufgaben stur und verbissen nach eigenen Vorstellungen bearbeitet. Solche Phasen waren immer wieder schnell vorübergegangen, doch jetzt hielt dieser Zustand an, Tag für Tag. Aber noch auffälliger waren die Rückfälle beim Sozialverhalten.

„Darüber müssen wir gleich sowieso noch mal sprechen. Aber was ich Susannes Mutter hatte klarmachen wollen: Das Kind bringt so gut wie keine Leistung mehr, antwortet überhaupt nicht auf Fragen, reagiert auf nichts, so dass ich jetzt von Kollegen verstärkt daraufhin angesprochen werde, ob Susanne nicht im Bereich ‚Geistige Entwicklung' – also früher hat man da von geistiger Behinderung gesprochen – besser gefördert werden könnte. Ich habe der Mutter ausdrücklich gesagt, dass das nicht meine Meinung ist, dass ich vielmehr glaube, sie ist im jetzigen Förderbereich Lernhilfe sehr gut aufgehoben. Ich bin aber aufgefordert worden, einen Bericht über Susanne zu schreiben. Ich meine mehr denn je, nur eine Psychotherapie kann dem Kind helfen. Aber Ihre Schwägerin hat das bisher vehement abgelehnt."

Aha, so war das also abgelaufen. Zum Thema Mobbing in der Klasse wollte Frau Kohrs nun aber nicht so unvorsichtig vorpreschen.

„Könnte es wohl sein, dass Susanne nicht besonders gut integriert ist und vielleicht sogar manchmal gehänselt wird?"

„Ja, das hat Ihre Schwägerin am Telefon auch vorgebracht, allerdings mit sehr viel heftigeren Worten. Ich habe die Klasse daraufhin noch etwas intensiver beobachtet und kann sagen: Nein, keineswegs. Ihre Mitschüler sind meistens ratlos, wie sie mit Susanne umgehen sollten, und flüchten sich oft in eine etwas bevormundende Hilfsbereitschaft, sogar die schlimmsten Rabauken der Klasse. Ihr wird ständig Hilfe angeboten, die sie überhaupt nicht will und auch nicht benötigt. Sie verstehen sie überhaupt nicht. Aber wer versteht sie schon? Sie redet mit ihren Mitschülern nie, sie schaut niemandem in die Augen, sie beteiligt sich nicht an Spielen, sie hilft niemandem – aber Mobbing? Nein, sie wird eindeutig nicht gemobbt, sie ist dafür viel zu fremdartig."

Ja, fremdartig - da hatte die Lehrerin ein passendes Wort gefunden, passender, als sie ahnen konnte.

„Aber anscheinend hat sich jetzt in der allerletzten Zeit Susannes Verhalten noch zusätzlich verändert?"

„Ja, doch, deutlich", sagte Frau Bergner. „Also verschlechtert. Noch vor drei Monaten, im Schullandheim, Susanne nahm tatsächlich teil, war es erfreulich zu erleben, dass sie für ihre Verhältnisse ziemlich gelöst wirkte. Sie war zwar immer noch nicht bereit, Gemeinschaftsaufgaben zu übernehmen, und sie redete auch nicht mit den Mitschülern, aber sie hörte ihnen offensichtlich zu und lächelte listig oder amüsiert über die Witze und Streiche der anderen. Manchmal kicherte sie sogar vor sich hin. Natürlich ohne jemanden dabei anzusehen. Bei Spielen stand sie immer am Rand, meistens mit schräg gelegtem Kopf. Als würde sie doch ganz gern mitspielen, ließ sich aber nicht überreden. Ach doch, einmal hat sie sogar eine kurze Weile mitgespielt. Ja, genau, alle waren ganz gerührt, als hätten sie selbst einen Sieg errungen. Am interessantesten waren für mich aber die Einzelgespräche, die ich mit ihr hatte.

Tatsächlich richtige Gespräche, und dabei redete Susanne normal laut und klar und artikulierte besonders deutlich und eindringlich. Und viel sprach sie! Sie sah mich dabei sogar häufig an. Können Sie sich das vorstellen?" Frau Bergner sagte es fast triumphierend. „Sie drückte sich sehr gut aus, viel besser als die meisten Schüler bei uns. Sie sagte übrigens einmal, dass sie manche Wörter besonders schön fände, zum Beispiel grässlich, schauerlich, scheußlich, eklig, widerlich – solche Wörter. Grausig auch. Und einmal, im Tierpark, musste ich von ihr ein Foto machen, ausdrücklich mit einer besonders hässlichen Grimasse! Ach, ich würde ja so gern mehr über die Welt wissen, die sie in ihrem Kopf hat!"

„Und neuerdings also...", begann Frau Kohrs, doch Frau Bergner sagte rasch:

„Ja, jetzt ist alles wieder anders, leider, aber ich muss Ihnen eben noch etwas Witziges erzählen: Seit Jahren schon schreibt Susanne oben auf ihre Arbeitsblätter immer ‚Hexa Susanna'. Als ich sie einmal fragte, warum sie das täte, sagte sie, der Name gefiele ihr, und sie wollte sowieso eine Hexe werden, eigentlich sei sie eine. Ist das nicht total interessant?"

Ja, mit mühsamem Lächeln nannte Frau Kohrs das auch interessant und amüsant. Tatsächlich war sie jedoch schockiert. Sie konnte den folgenden Ausführungen der Lehrerin über die neuerlichen Rückfälle des Kindes nicht mehr konzentriert folgen. Es war klarer denn je, dass sie irgendetwas für Susanne tun musste. Im Moment war es wohl vordringlich, die

Situation in der Schule etwas zu entspannen und der Lehrerin Argumentationshilfen gegen einen Schulbereichswechsel zu geben.

Vor allem versprach sie, die Suche nach einem geeigneten Therapieplatz selbst in die Hand zu nehmen, und zwar unverzüglich. Dann gab sie noch zu bedenken, dass Susanne ja mitten in der Pubertät stecke, dass das vielleicht auch einiges erklären könne. Dieses Argument ‚Pubertät' war auch hier mal wieder von großem Nutzen. Frau Bergner fielen gleich etliche frühere Schüler ein, die eine Weile lang ebenfalls stark neben der Spur gewesen waren. Manche hatten vorübergehend geradezu autistisch gewirkt. Sie würde in ihrem Bericht durchaus auch darauf hinweisen wollen.

Die Frauen verabschiedeten sich voneinander, die eine sichtlich erleichtert, die andere bemüht, ihre Unruhe und Ratlosigkeit nicht zu zeigen. Frau Bergner sah einer Therapie für Susanne mit großer Zuversicht entgegen, fühlte sich dadurch schon im Voraus entlastet von dem Druck, sich selbst um die merkwürdigen Verhältnisse in dieser Psychofamilie kümmern zu müssen. Und obendrein hatte sie das befriedigende Gefühl, sich der offensichtlich weltgewandten Tante gegenüber als aufgeschlossene Pädagogin gezeigt zu haben.

Frau Kohrs ging es weniger gut. Auf dem Weg zu ihrem Bruder schwirrten unzählige Gedanken durch ihren Kopf, aber ein klarer war nicht dabei. Klar war ihr allenfalls, dass Gespräche mit der Lehrerin nicht zu einer wirklichen Lösung führen konnten. Pubertät und Erziehungsfehler der Eltern – schön und gut, das war problematisch genug. Von dem Hauptproblem jedoch hatte diese Bergner natürlich nicht die geringste Ahnung, und einem Therapeuten würde es genau so gehen.

Obwohl sie jetzt zögerlich und langsam fuhr, hatte sie die paar Kilometer nach Gittelde schnell hinter sich gebracht. Diesmal saßen die Eltern in der guten Stube und boten Kaffee und Apfel-Streuselkuchen an. Susanne erledigte Hausaufgaben in ihrem Zimmer.

„So, wie ist denn das nun mit dem Jugendamt?", wollte die Schwägerin als erstes wissen.

Da konnte Frau Kohrs sie völlig beruhigen. Die Lehrerin hatte betont, dass Susanne immer sauber und gepflegt sei, immer ihre Hausaufgaben mache, jeden Tag in die Schule komme, anders als viele Mitschüler immer alle Materialien und ein ordentliches Frühstück dabei habe – nein, für das Jugendamt sei sie nun wirklich kein Fall. Und für geistig behindert halte Frau Bergner sie auch nicht.

Zufrieden lehnte sich Susannes Mutter auf ihrem Stuhl zurück und meinte: „Na also! Warum denn dann das ganze Affentheater?"

Frau Kohrs hielt sich an ihren Bruder und bemühte sich um Gelassenheit.

„Also sprechen wir über den Handfeger. Hat Susanne versucht, damit zu fliegen, oder nicht?"

„Doch, doch!", antwortete ihr Bruder. „Sie hat es nicht nur versucht, sie ist sogar ein Stück geflogen, fast einen Kilometer, fast bis Windhausen. Mit dem Handfeger von Oma. Der mit dem grünen Stiel, weißt du noch? Aber dann ist sie natürlich mit dem kleinen Ding ins Trudeln gekommen und in einen Busch gefallen."

„Gut, dann bist du also nicht mehr der Meinung, sie wüsste von nichts. Ihr habt also darüber geredet. Sie weiß jetzt, zu welcher Community sie gehört?"

„Ach du mit deiner Community", fiel ihre Schwägerin ein, „kannst du nicht vernünftiges Deutsch reden? Aber das kann ich dir jedenfalls sagen, ich sehe überhaupt nicht ein, warum sie mehr wissen soll, als sie sich in ihrem Dickschädel bisher sowieso schon denkt."

„Arno", wandte sich Frau Kohrs an ihren Bruder, „kannst du dir nicht vorstellen, wie schrecklich das für euer Kind sein muss, viel mehr zu ahnen als sie wissen darf, aber für nichts eine Erklärung zu erhalten. Da muss sie doch ganz irre werden. Wir leben doch nun mal in zwei Welten und kriegen das so einigermaßen gut hin, aber euer Kind habt ihr für keine Welt fit gemacht, sie kommt anscheinend nirgendwo zurecht. Sie kann doch gar nicht wissen, wer sie ist, wo sie hingehört. Sie ist dreizehn und kann noch nicht mal normal fliegen, das muss man sich mal vorstellen!"

Hier schaltete sich die Schwägerin mal wieder ein:

„Was willst du denn, sie ist doch geflogen. Das hat sie wohl allein rausgekriegt. Blöd ist die nämlich nicht, die tut immer nur so. Und jetzt ist sie noch komischer als sonst, als wollte sie uns bestrafen."

Ohne ihre Schwägerin zu beachten, fuhr Frau Kohrs fort: „Arno, ihr seht doch auch, dass Susanne zunehmend ein Risiko für die Community darstellt. Alle möglichen Behörden könnten Interesse daran haben, euch unter die Lupe zu nehmen, und das sogar aus besten Motiven heraus. Das alles nur, weil ihr Susanne nicht schon seit Jahren die Techniken der Tarnung beigebracht habt. Sie muss eingeweiht werden."

„Ja, Trudis, ja. Das stimmt ja. Rita wird das schon noch einsehen. Mir jedenfalls ist inzwischen klar, dass es nicht anders geht. Aber wir brauchen jetzt deine Hilfe, um Susanne erst einmal alles zu erklären. Du siehst ja, wir können das nicht so gut. Es könnte doch sein, dass sie dabei einen ganz großen Schock erlebt. Machst du das bitte? Soll ich sie herholen?"

So kam es, dass Frau Kohrs' Nichte Susanne an diesem Nachmittag erfuhr, dass sie eine Hexe war!

Susanne saß bei dieser Eröffnung am Tisch, wie meistens mit gesenktem Blick, und – lächelte. „Eine Hexe!" Sie kicherte. „Ich bin eine Hexe - eine Hexe - eine Hexe! Das ist ein schönes Wort."

Die drei Erwachsenen schauten sie stumm und verblüfft an.

„Ich habe das gedacht. Ich wollte das auch." Sie sah kurz von unten herauf ihre Tante an, lächelte wieder vor sich hin. „Du bist eine richtige Hexe, glaube ich, aber du", und damit zeigte sie mit einem Finger auf ihre Mutter, „du nicht."

„Gott sei Dank, da hast du mal recht", fauchte nun die Mutter, „wenigstens mein Vater war ein normaler Mensch, und da bin ich froh drüber. Ich brauche diesen Zirkus mit dem Fliegen und den Sabbats und den Brimboriumssalben nicht. Und von mir aus könnte ich auf den ganzen Harz verzichten. Ich müsste nicht hier leben."

Jetzt sah Susanne mit gesenkten Lidern in Richtung Vater: „Und du? Was bist denn du?"

„Ja, Kind, das ist nicht so einfach. Ich gehöre schon noch zu dem Verein, klar. Aber wir drei hier sind doch auch Katholiken, fast die Aktivsten in der Gemeinde, und deine Mutter allen voran. Wir haben doch unser Leben ganz darauf ausgerichtet und dich zu christlicher Frömmigkeit erzogen. Deshalb haben wir dir nie etwas gesagt, wir wollten dich eben nicht ins Schleudern bringen."

Für eine Weile saßen alle vier stumm da, in ihre jeweiligen Gedanken versunken. Schließlich stand Susanne auf. „Ich muss Schularbeiten machen."

„Moment, Moment!", rief Frau Kohrs. „Wir müssen doch besprechen, wie das jetzt weitergeht. Ich habe mir nämlich eben ein Angebot überlegt: Wie wäre es, wenn Susanne jetzt in den Herbstferien nach Bad Lauterberg kommt und von mir ein wenig Unterricht erhält, also eine Art Nachhilfe in ‚Hexenkunsterziehung'?"

Von Susanne kam sofort als Antwort ein entschiedenes „Ja, das will ich", vom Vater „Ach, ich weiß nicht so recht", von der Mutter „Dann wird alles nur noch schlimmer. Und, überhaupt, wir wollen in den Ferien doch wieder nach Berchtesgaden."

„Dann fährt Susanne eben mal nicht mit. Und im Übrigen suche ich sofort einen Therapieplatz für sie, das habe ich der Lehrerin versprochen. Aber das wird wohl nicht allzu schnell gehen. Jedenfalls hole ich Susanne am letzten Schultag vor den Ferien ab. Einverstanden?"

Sie sah, dass die Eltern sich hilflos und überrumpelt fühlten, wartete aber keine Einwände mehr ab.

Unterwegs wurde ihr erst richtig klar, was sie sich da so spontan aufgehalst hatte! Wie lange dauern Herbstferien? Zehn Tage? Vierzehn Tage? Vierzehn Tage mit einem Kind zusammen zu leben in ihrer nicht allzu großen Wohnung, und obendrein mit einem wahrlich nicht gerade amüsanten Kind - ach du großer Geist! Sie hörte schon die Kommentare ihrer spottlustigen Freundinnen über die Aufgabe ihrer kostbaren Freiheit! Na ja, egal, es war ja eigentlich auch ein kleines Abenteuer, zumindest etwas ganz Neues für sie. Erzieherisch hatte sie sich nun wirklich noch nie betätigt.

Am Tag vor Beginn der Ferien fuhr sie nach Gittelde und nahm von den immer noch nicht überzeugten Eltern ihre ungewöhnlich aufgedrehte Nichte in Empfang. Schon auf dem Weg nach Bad Lauterberg redete Susanne eindringlich auf sie ein und zählte auf, was ihr nun alles für die kommenden Tage vorschwebte: Sie wollte richtig fliegen lernen, natürlich, und benötigte einen ordentlichen Besen. Sie wollte gleich einen echten Hexennamen erhalten. Vielleicht Liliana? Sie wollte Zaubersprüche erlernen. Und sie brauchte einen Raben.

„Einen Raben?", fragte Frau Kohrs amüsiert. „Und der soll dann bestimmt Abraxas heißen, oder?"

„Ja, genau, so soll er heißen Ich mag Raben. Aber ich mag keine Katzen. Müssen Hexen Katzen haben, schwarze Katzen?"

„Okay, okay Mädel, ich sehe schon, du willst voll einsteigen. Viele Fragen, aber im Moment gibt es noch keine Antworten. Zu Hause werden wir etwas essen und dann die nächsten Tage planen."

„Kann ich trotzdem GZSZ gucken?", wollte Susanne wissen.

Ach du liebe Zeit, dachte Frau Kohrs, auf solchen Teenie-Mist muss ich mich jetzt auch noch einstellen! Oder ist es eher ein Kleinbürger-Mist von Rita?

Sie gab die Erlaubnis.

Frau Kohrs hatte sich für die folgenden Tage nicht freinehmen können, es gab einfach zu viel Arbeit. Daher würde sie Susanne wenigstens bis mittags sich selbst überlassen müssen.

„Kannst du mit einem Stadtplan umgehen?"

Susanne nickte.

Frau Kohrs zeigte ihr auf dem Plan die Straße, in der sie wohnte, dann die Straßen mit den wichtigsten Geschäften und die Imbissbude neben der Kirche. Sie erhielt nun die Aufgabe, in wenigstens einen Laden zu gehen und dort einer Verkäuferin irgendetwas zu sagen, egal was. Und sich im Imbiss etwas zu essen zu bestellen.

„Das ist aber keine Hexenerziehung", meinte Susanne mit einem winzigen Lächeln.

„Oh doch, du wirst schon sehen, wie wichtig das ist. Aber die richtig hexigen Sachen kommen schon noch. So, und jetzt habe ich dir etwas wirklich Ernstes zu sagen: Mit meinen beiden Katzen brauchst du dich nicht anzufreunden, aber du musst sie respektieren, dies ist ihr Zuhause. Wenn du ihnen irgendeine Unfreundlichkeit antust, werde ich das erkennen, und dann musst du sofort gehen!"

„Meine Eltern sind ja gar nicht da!"

Susanne lächelte mit einer Andeutung von Triumph. Es verging schnell, als ihre Tante erwiderte:

„Kein Problem. Dann schicke ich dich eben zu meiner Schwester nach Zorge, zu deinen Cousinen, bis zum Ende der Ferien. Da ist es auch schön."

So, diese Drohung war vielleicht nicht nett, aber garantiert wirksam. Susanne hatte einen Horror vor ihren wilden Cousinen und ihren berüchtigten Hexenstreichen.

Jetzt war Schlafenszeit für dieses große Kind. Frau Kohrs war ratlos, was denn nun von ihr erwartet wurde. Umarmung? Gute-Nacht-Kuss? Oh mein Gott, das war eine Herausforderung!

Sie beschloss, Susanne nach den Gebräuchen in ihrer Familie zu fragen. Es stellte sich heraus: Susanne putzte sich um acht Uhr die Zähne, ging auf ihr Zimmer, betete vor dem Bild der Madonna und schlief. Keine Zärtlichkeiten. Frau Kohrs war sehr erleichtert, einerseits, aber es tat ihr für ihre Nichte auch etwas leid.

Als sie am nächsten Tag gegen zwei Uhr nach Hause kam, wurde sie ungeduldig erwartet. Susanne wirkte aufgeregt, zog noch öfter als sonst die Schultern hoch, lächelte intensiv in Richtung Fußboden und wartete offensichtlich darauf, befragt zu werden.

„Na, hast du deine Aufgaben erfüllen können?"

„Ja, habe ich. Also ein bisschen. Ich war in einem Laden, und die Frau dort", sie flüsterte jetzt, „ich glaube, sie gehört zu uns! Freya ist doch ein Hexenname, oder?", fragte sie listig-verschwörerisch.

„Ja, schon, aber auch ein normaler Menschenname. Sag mal – kann es sein, dass dieser Laden ein Buchladen ist?"

„Ja, das ist einer. Oben drüber steht ‚Freya' und irgendein Nachname. Es gibt viele Bücher da über Hexen und Bilder von Hexen und außerdem eine Menge Hexenpuppen, kleine und auch eine richtig große. Aber vor allem ist mir gleich aufgefallen, dass die Frau besonders freundlich zu mir war, als würde sie mich schon heimlich kennen!"

Nun blickte Susanne ihre Tante gespannt an.

„Ach Kind", sagte diese, „ich weiß schon, welche Frau du meinst. Sie ist zu jedem Kunden freundlich, deshalb gehe ich auch so gern dahin. Aber eine von uns ist sie nicht. Du kannst jetzt gleich mal lernen: Eine Hexe kann man normalerweise an nichts erkennen, nicht an ihrem Aussehen, nicht an ihrem Verhalten, ihrer Sprache, ihren Klamotten, nicht an ihrem Namen – an all dem nicht. Nur wenn man selbst eine richtige und vor allem geübte Hexe ist, fühlt man sofort, ob man es mit einer Kollegin zu tun hat. Du wirst dieses Gespür erst sehr viel später bekommen."

Für eine Weile ließ Susanne den Kopf hängen und putzte ausführlich ihre Brille. Sie war enttäuscht.

An diesem Nachmittag begann ihr Unterricht, zuerst mit ein wenig Theorie. Die Tante gab ihr einen kurzen Überblick über Hexenleben früher und heute und räumte mit manchen von Susannes Kinderbuch- und Märchenvorstellungen auf.

„Besonders wichtig ist es, Bescheid zu wissen über das Zusammenleben der Hexen – also des kleineren Teils der Hexen – mit den Menschen."

„Wieso eines Teils der Hexen?", wollte Susanne wissen.

„Na ja, es gibt doch viele Hexen, die wollen nicht mit Menschen zusammenleben oder können das nicht. Sie leben im Eigentlichen Reich. Aber über die werden wir ein anderes Mal reden. Wir hier, also deine Familie und ich, wir leben mit den Menschen. Doch die wissen nichts von uns und sollen auch nichts wissen. Das ist sehr wichtig, denn sonst gäbe es keine Ruhe mehr für uns vor den Menschen. Sie mögen es nicht so gern, wenn jemand anders ist als sie. Manchen macht es Angst, und andere versuchen sich dauernd anzubiedern oder beides. Deshalb ist jetzt das Wichtigste, das Allerwichtigste, das du lernen musst: Wir müssen uns überall tarnen, wo Menschen sind! Sie dürfen keinen Verdacht schöpfen. Verstehst du jetzt, dass deine Eskapade mit dem Handfeger nicht klug war?"

„Ich wollte zu dir."

„Ja, ja, schon gut. Wir haben es ja ganz gut überstanden. So, und jetzt wirst du das richtige Fliegen lernen. Komm, wir fahren an einen geheimen Ort."

Susannes blauen Augen leuchteten, sie sah richtig schön aus. „Geheimer Ort", flüsterte sie träumerisch und lächelte erst den Fußboden und dann kurz ihre Tante an.

Dieser geheime Ort war eine Höhle, die berühmte Einhornhöhle, berühmt als Touristenziel, geheim als Wettkampf- und Trainingshalle für Indoor-Besensport.

Sie war für menschliche Besucher schon geschlossen, und Frau Kohrs und ihre Nichte betraten sie durch einen unscheinbaren natürlichen Zugang. Einer verdeckten Nische entnahm Frau Kohrs zwei Besen, und gleichzeitig erglomm ein fahles Licht in dem hohen Raum.

„Hier, nimm den Fuchs, er heißt Fegefeuer. Temperamentvoll, aber er reagiert recht freundlich. Ich nehme den Rappen, Schlotfeger. Fliegt gut geradeaus, ist aber reaktionsträge."

Über eine Stunde lang betätigte Frau Kohrs sich nun als Fluglehrerin ihrer zwar eifrigen, aber nicht sonderlich geschickten Nichte. Am schwersten fiel es Susanne, bei geringer Geschwindigkeit die Balance zu halten und nicht ins Trudeln zu kommen. Mit dem Lenken kam sie jedoch recht gut zurecht, allerdings erst, nachdem sie zu Beginn der Lektion einmal gegen die Felswand gestoßen war, zum Glück mit dem Besenstiel, nicht mit dem Kopf. Mindestens einmal sollte sie noch in der Höhle üben, bevor sie sich an einen Freiluftflug über die Berge wagen konnten. Vom Fliegen mit der Flugsalbe ganz zu schweigen.

Susanne war wie elektrisiert von dem Namen der Höhle und wiederholte ihn murmelnd immer wieder. Nach dem Abendessen erzählte sie von einem Kinderbuch, das sie zu Hause hatte. Darin ritt eine Prinzessin Lillifee, genau so blond wie sie selbst, auf einem schneeweißen Einhorn, mit pinkfarbenem Zaumzeug. Es hieß Rosalie. Susanne sagte langsam, klar und deutlich:

„Ich möchte bitte ein richtiges Einhorn haben."

„Huch", entfuhr es Frau Kohrs, „einen Raben könnte ich ja vielleicht eines Tages auftreiben, er könnte von mir aus auch Abraxas heißen, aber ein Einhorn – das dürfte etwas schwieriger werden. Und ich sehe auch noch nicht, wie du es hier die Treppe hoch und in meine Wohnung führen könntest. Also im Ernst: Es gibt in der Menschenwelt einfach keine Einhörner, kein einziges."

Und bevor Susanne sich nun nach Einhörnern in anderen Welten erkundigen würde, gab Frau Kohrs ihr schnell zwei Aufträge für den kommenden Vormittag: Sie sollte beim Bäcker ein Roggenbrot kaufen und im Supermarkt ein Kilo Äpfel.

Susanne reagierte nicht darauf, hielt ihren Kopf tief gesenkt, mit hochgezogenen Schultern, und putzte intensiv ihre Brille.

„Hast du eigentlich gehört, was ich dir eben gesagt habe?"

Keine Antwort.

„Hallo! Was ist los?"

„Kannichnich."

„Was kannst du nicht?", fragte ihre Tante.

„Die Sachen kaufen."

„Die Geschäfte sind in der gleichen Straße wie der Buchladen, die findest du ganz leicht."

„Trotzdem. Hab ich noch nie gemacht."

Es stellte sich heraus, dass Susanne noch nie in ihrem dreizehnjährigen Leben allein eingekauft hatte!

„Mama sagt immer, weil ich den Mund nicht aufmache. Die Leute denken dann, ich bin behindert."

"Aha. Okay. Okay. Na gut. Susanne, wenn du nicht einkaufen kannst, bist du wirklich behindert, das ist dir bestimmt auch klar. Wir werden das jetzt ändern. Also kauf nicht ein, sondern hol mich vom Büro ab und wir gehen dann gemeinsam in die Geschäfte. Aber ich möchte, dass du am Vormittag durch die Straßen spazierst und dich gut umschaust. Jetzt ist erstmal Schlafenszeit."

Kurz darauf war die Nichte im Bett und die Tante saß etwas erschöpft auf der Sofakante. Sie überlegte, wie sie die kommenden Stunden möglichst genussvoll ausfüllen könnte, aber ihr fiel nur ein, mit einem oder zwei Harzer Glen Els-Whiskys auf ihrem neuen roten Sofa fernzusehen, dabei mit Miepie oder Wuschel zu schmusen und sich resigniert vorzustellen, wie Nicki und die anderen in Herzberg, Northeim oder Göttingen im Kino saßen und sich amüsierten. Heute war nämlich ihr regelmäßiger gemeinsamer Kinotag. Meistens beschlossen sie dann den Abend in irgendeinem Tanzschuppen.

Gegen Ende des Spielfilms rief ihre Schwester an und fragte spöttisch nach dem Zusammenleben mit der Gittelder Nichte. Schnell waren sie dabei, mal wieder über die Mutter des Kindes, ihre dämliche Schwägerin Rita, zu lästern – das Thema gab stets erfreulich viel her.

„Na, wenigstens wissen wir ja inzwischen, was Arno an ihr findet!"

Bei diesen Worten prusteten sie beide wie die Teenager los. Der Bruder hatte nämlich vor einiger Zeit bei einem Besuch in Zorge seiner Schwester offenbart, dass es ihn jedes Mal heftig erregte, seine Frau auf Knien den Rosenkranz beten zu sehen! Und sie betete oft! Seitdem fielen den Schwestern in ihren lustvollen Gesprächen immer wieder neue erotische Situationen für Arno und seine fromme Frau ein.

Am nächsten Tag fand Susanne mühelos das Gebäude, in dem Frau Kohrs arbeitete, und beide gingen zur Hauptstraße. Vor einer Bäckerei übten sie drei ganz einfache Sätze ein, die Susanne im Laden sagen sollte. Aber vergeblich: Was vor der Ladentür noch geklappt hatte, war ihr im Innern nicht mehr möglich. Sie grüßte nicht, sah niemanden an und brachte kein einziges Wort heraus. Im Supermarkt war es nicht anders.

Beide hatten gleichermaßen das Gefühl, versagt zu haben. Sie gingen etwas essen, ohne Probleme, denn Restaurantbesuche kannte Susanne immerhin aus Berchtesgaden. Anschließend kaufte Frau Kohrs noch in einem Bio-Laden einige Zutaten für Salben und Tinkturen, die ihr ausgegangen waren. Heute sollte Susanne vor ihrer abendlichen Flugstunde ein erstes Hexensalben-Rezept kennenlernen und ausprobieren. Eine Heilsalbe. Sie ging mit Eifer daran, hörte konzentriert zu, merkte sich alle Anweisungen und stellte sich überraschend geschickt an. Ihre Tante schöpfte ein wenig Zuversicht.

Der anschließende Flugunterricht verlief auch zufriedenstellend. Zum Schluss wechselten sie sogar die Besen, und während die Tante auf Fegefeuer die Traverse und Pirouette übte, gelang Susanne mit dem trägen Schlotfeger, zwar mit klopfendem Herzen und feuchten Händen, immerhin eine durchaus passable Volte. Zu gern hätte sie wenigstens einen der Besen mitgenommen, aber das durfte sie nicht.

Am Morgen danach stand Frau Kohrs wohl mit dem falschen Fuß zuerst auf. Sie freute sich nicht wie sonst auf den anbrechenden Tag. Beim Suchen nach dem Brotmesser im Besteckkasten stieß sie mit der Kuppe des rechten Mittelfingers gegen die gegabelte und teuflisch scharfe Spitze des Käsemessers und stach sich heftig. Susanne sollte aus dem Medizinschränkchen ein Pflaster holen gegen die starke Blutung, blieb jedoch regungslos und anscheinend hilflos im Bad stehen.

Ihre Tante half sich schließlich selbst und versuchte, nicht vollends die Geduld zu verlieren. Verdrießlich trank sie ihren Frühstückskaffee. Susanne erhielt wieder Anweisungen, welche Bereiche in Bad Lauterberg sie sich am Vormittag ansehen sollte.

„Auf den Hausberg gehst du bitte noch nicht, nicht zu Fuß und schon gar nicht mit dem Sessellift. Er ist noch ein No-go-Gebiet für dich."

„Was ist das?"

„Ja, also ein Gebiet, wo du noch nicht hingehen sollst."

„Ich finde das doof, dass du immer so englische Wörter benutzt. Ich kann kein Englisch. Mama sagt das auch öfter, dass das blöd von dir ist."

„So, sagt sie das, deine Mama?"

Frau Kohrs Stimme war schneidend, sie kämpfte mit einer plötzlichen rasenden Wut. Sie hätte gern üble Dinge über diese saubere Mama ausgestoßen, bemerkte aber gerade noch rechtzeitig Susannes entsetzte Augen, bevor diese zu Boden schaute und ihr Gesicht verschloss.

,Mein Gott Waltraud', sagte Frau Kohrs in Gedanken zu sich selbst, ,was ist das denn, was machst du denn? Gekränkte Eitelkeit? Eifersucht? Frust?' Was auch immer – sie hatte unverhältnismäßig reagiert und das Kind terrorisiert. Und ihr war bewusst, dass sie in ihrer Wut das unheilvolle Glühen in den Augen gehabt hatte, das sie in Anwesenheit von Menschen niemals zuließ. Wie musste das Kind sich erschrocken haben! Sie hätte jetzt zur Arbeit gehen müssen, aber sie verschob es. Zuerst musste sie Susanne beruhigen und sich entschuldigen.

Susanne war tatsächlich verstört. Doch nachdem sie sich gefasst und wieder ein wenig geöffnet hatte, wollte sie unbedingt mehr über das unheimliche Augenglühen erfahren. Frau Kohrs war erleichtert über ihre Neugier und lachte. Sie vertröstete ihre Nichte auf den Nachmittag.

Als sie von der Arbeit nach Hause kam, hielt ihr Susanne triumphierend ein Fläschchen mit schwarzlila Nagellack entgegen. Selbst gekauft! Allerdings hatte sie beim Kauf kein einziges Wort sprechen müssen: Lack aus dem Regal genommen, Geld abgezählt und der Kassiererin stumm gegeben. Aber sie war trotzdem stolz. Frau Kohrs lächelte bei dem Gedanken an die rührende Disharmonie zwischen dem fast schwarzen Lack und den babyfarbenen mega-uncoolen Klamotten, die die Schwägerin immer für ihre Teenage-Tochter erstand.

Susanne fragte nun nach dem Augenglühen, hätte das gern gleich selbst als Technik eingeübt, aber so einfach war es denn doch nicht.

„Bevor eine Hexe nicht siebenmal am Sabbat teilgenommen hat, ist sie gar nicht in der Lage dazu. Sie erhält dort beim siebten Mal vom Hexenrat die Erlaubnis, falls sie sich als zuverlässig erwiesen hat. Und auch nur dann. Du siehst, du musst dich noch ein wenig gedulden."

Frau Kohrs setzte den Unterricht bis zum Ende der Ferien fort, in Menschenlebenskunde und in Hexenkunde. Besonders in Hexenkunde war Susanne hoch motiviert und machte schnelle Fortschritte. Aber alle Versuche, sie in lebenspraktischen Dingen besser an ihre

Menschenumwelt anzupassen, scheiterten überwiegend, obwohl das Mädchen sich meistens durchaus Mühe gab. Ein Telefon oder Handy fasste sie allerdings gar nicht erst an. Doch das Schreiben von Postkarten (an ihre Lehrerin) oder von E-Mails (an die Büroadresse ihrer Tante) als Möglichkeit, mit anderen Menschen zu kommunizieren, gefiel ihr.

Die Tage vergingen, und zwischen Tante und Nichte entwickelte sich eine ganz erträgliche Alltagsroutine. Am Ende der Ferien war Frau Kohrs zwar sehr erleichtert und freute sich schon wieder auf ihr gewohntes freies Leben, aber sie bereute diese Eskapade – so nannte sie die Zeit, die sie ihrer Nichte gewidmet hatte – keineswegs.

Um eines musste sie sich allerdings sofort kümmern: Sie wollte herausfinden, ob es vielleicht unter den Psychotherapeuten der Region jemanden aus der Hexengemeinschaft gab. Ein anderer, ein Nicht-eingeweihter, hatte schließlich keine Chance, Susanne zu helfen.

Es stellte sich heraus, dass tatsächlich eine solche Therapeutin mit dualer Erfahrung in Göttingen arbeitete. Susannes Vater war bereit, seine Tochter ein Mal wöchentlich dorthin in die Therapiepraxis zu fahren.

Frau Kohrs hatte ihre innere Ruhe und äußere Unabhängigkeit wieder. Jedenfalls für viele Monate.

Dann allerdings: „Waltraud!" Da war sie wieder, die zeternde Stimme ihrer Schwägerin am Telefon. „Arno sagt ja, ich soll dich in Ruhe lassen. Aber er muss sich ja auch nicht dauernd um das Kind kümmern und mit der Schule reden und so was alles. Kannst du mal zu uns rüber kommen? Es klappt alles nicht."

Also auf nach Gittelde. Susanne begrüßte die Tante mit einem scheuen Lächeln. Als ihre Mutter die Stimme erhob, wandte sie ihr den Rücken zu und blickte aus dem Fenster.

Susanne hatte wie alle ihre Mitschüler ein Berufsfindungspraktikum absolvieren sollen. Keiner der Betriebe, in denen sie sich vorgestellt hatte, war bereit gewesen, sie aufzunehmen. Dann bot man ihr die Gelegenheit, die zwei Wochen in den Beschützenden Werkstätten zu verbringen, doch selbst dort kam die Betreuerin schnell an ihre Grenzen: Susanne war zu keinerlei Mitarbeit zu bewegen. Bei der bald darauf folgenden Berufsberatung beim Arbeitsamt - oder wie hieß das heutzutage? - das gleiche Bild wie immer: Sie saß da, mit gesenktem Blick und antwortete nicht.

Die Mutter hatte es ja alles gleich gewusst: Die Therapie brachte doch nichts, war für die Katz.

Susanne selbst blieb während des Klagelieds ihrer Mutter zunächst reglos, drehte sich schließlich aber ihrer Tante zu und blickte sie immer wieder stumm und verzweifelt an. Schließlich sagte sie zu ihr:

„Ich möchte doch Schuhverkäuferin werden. Darf ich aber nicht!"

„Aber Mädel! Ausgerechnet Schuhverkäuferin – da musst du doch dauernd mit Kunden reden!"

„Nein, nein … ich", sie machte eine Pause, und dann raunte sie: „Ich kann das sehr gut, das weiß ich ganz genau."

In ihrer Stimme schwang etwas Listiges und Geheimnisvolles mit.

Frau Kohrs hatte eine Idee. In Bad Lauterberg führte eine gute Freundin von ihr ein Schuhgeschäft. Silke war immer sehr großzügig und wäre vielleicht bereit, einen Versuch zu wagen, nämlich Susanne als Hilfskraft für sich arbeiten zu lassen.

Aber erst einmal wollte Frau Kohrs zum nächsten Kleinen Ratschlag fahren oder fliegen. Diese Interimstreffen zwischen den beiden großen Sabbaten des Jahres fanden immer nur im kleinen Kreis Aktiver statt, zumeist in einer konspirativen Wohnung in Lautenthal. Dort, Am Wiesenhang, hoffte sie, ihre Sorgen über Susanne besprechen zu können und Ratschläge zu erhalten. Vielleicht am besten mit Hansi. Er würde bestimmt erst einmal weit ausholen, vom Hölzchen aufs Stöckchen kommen und Geschichten von früher erzählen, aber das war schon okay. Er wusste jedenfalls über die alten Regeln und Rituale am besten Bescheid und hatte vielleicht Vorschläge, was mit diesem wurzellosen Kind geschehen könnte.

Hansi hatte den besten Tarnnamen in der ganzen Community, da waren sie sich alle neidlos einig. Ein Hexer namens Hansi, da musste man erstmal draufkommen! Einfach genial. Frau Kohrs kannte unter den Menschen zwei mit diesem Namen: Ein rotznasiges kleines Etwas aus der Zeit, als ihre Familie vorübergehend in der Mühle in Sebexen gewohnt hatte, und aktuell Hansi Hinterseer, den Schwarm ihrer Nachbarin Frau Schäfer. Bei diesen beiden Hansis wirkte der Name passend, also nett und freundlich, weder abgründig noch zaubernah.

Der Hansi der Community war dann leider doch verhindert, an dem Treffen teilzunehmen, und die anderen, denen nichts Brauchbares einfiel, empfahlen ihr, sich gleich an eine höhere Stelle zu wenden, nämlich an Alfons. ‚Alfongks' - so sprachen sie den Namen aus.

Ja, Alfons! Sie hatte ihn schon eine Weile nicht mehr gesehen. Manchmal trafen sie sich zu freundschaftlichem Klönen oben auf dem Hausberg im Berggasthof, aber für wichtige Besprechungen verabredeten sie sich auf dem Wurmberg, bei Nacht. Das war jetzt einer dieser Anlässe.

Sie trafen sich im nächtlichen Nebel bei dem runden Mauerrest von irgendeinem nicht besonders alten Turm, den die Menschen albernerweise ‚Hexenaltar' nannten. Hier fanden sie mehrere Kerzenstummel und Reste verbrannter Kräuter vor, sicherlich von diesen salbadernden Möchtegern-Hexen unter den Menschen, von denen es in letzter Zeit immer mehr gab. Weder Alfons noch Frau Kohrs hatten Lust, die verdorbene

Ausstrahlung des Orts zu reinigen, sie wichen genervt zur Großen Klippe aus.

Hier nun berichtete Frau Kohrs in aller Ausführlichkeit über ihre Nichte. Alfons hörte aufmerksam zu. Er sprach Susannes betont christliche Erziehung an: Hatte sie deswegen innere Konflikte? Vielleicht könnte der Hexer Hansi dabei helfen, die Religion für das Kind mit den Werten der Hexengemeinschaft in Einklang zu bringen. Frau Kohrs wollte das mit dem Mädchen besprechen, obwohl sie bisher von derartigen Konflikten nichts bemerkt hatte.

Die Idee, Susanne probeweise in dem Schuhgeschäft arbeiten zu lassen, gefiel Alfons nicht schlecht. Als Versuch eben. Und eventuell – wenn auch das daneben gehen sollte – könnte man vielleicht mit ihr über die Möglichkeit der Ganz Großen Reise sprechen, oder?

So kam es, dass Susanne nach ihrer Schulentlassung wieder zu ihrer Tante nach Bad Lauterberg zog und zur Probe im Schuhladen arbeiten sollte. Der Besuch der Berufsschule konnte mit einer Ausnahmeerlaubnis vorerst ausgesetzt werden.

Während der ersten Wochen hatte Susanne die strikte Anweisung, sich nicht im Verkaufsraum des Geschäfts zu zeigen. Sie hielt sich auch daran und erfüllte die ihr gestellten Aufgaben im Lager, im Hof und im Sozialraum, meist sehr langsam und lustlos. Wenn sie allerdings allein im Lager war, öffnete sie oft die Kartons, nahm Schuhe heraus, betrachtete sie, befühlte sie, manche streichelte sie lustvoll, und gierig sog sie den Ledergeruch ein. Mit manchen flüsterte sie intensiv.

Nachmittags hatte sie frei. Sie gewöhnte sich daran, im Wald spazieren zu gehen. Es gefiel ihr zunehmend, und die Wegstrecken wurden immer länger. Manchmal sammelte sie Pflanzen, vor allem Nachtschatten-gewächse, um sie später ihrer Tante zu zeigen und genauer bestimmen zu lassen. Und manchmal versuchte sie sich an 'Zauberstreichen', wie sie das nannte. So verhexte sie einem Kind, das mit Vater und Mutter spazieren ging, den Ball: Aus rotgemustert wurde er grüngemustert. Frau Kohrs staunte über die Phantasiearmut ihrer Nichte, vor allem im Vergleich zu den zwar oft grenzwertigen, jedoch manchmal witzigen und originellen Streichen der Zwillinge in Zorge. Sie waren eben unverkennbare Hochharzhexen. Aber wenigstens musste sie bei Susanne nicht dauernd wachsam und beunruhigt sein.

„Heute hat mich unterwegs ein Mann angesprochen", berichtete Susanne eines Abends beim Essen. „Er hat mir eine Menge Fragen gestellt, und ich habe richtig viel mit ihm geredet! So als würde ich ihn schon ganz lange kennen. Als ich ihm erzählte, dass ich bei dir wohne, hat er gesagt, ich soll dich von Alfongks grüßen. Und dann war er plötzlich weg. Wer war das denn?"

„Ach, Alfons, das ist ein alter Freund von mir. Er ist Ingenieur und überprüft alle alten Bergwerksstollen und die Schächte hier in der Umgebung. Du weißt ja, diese Berge sind alle durchlöchert wie ein Schweizer Käse. Das ist sein Arbeitsplatz."

Wenige Tage später hatte Susanne ihn wieder getroffen, als sie an der Krummen Lutter spazieren gegangen war.

„Ich hab da ein Tor am Berg gesehen, mit grünem Blech drum herum. Dein Freund Alfongks stand davor und wollte das Tor gerade aufschließen. Er fragte mich, ob ich mit ihm durch den Berg gehen wollte. Wir gingen dann ganz lange durch einen dunklen Gang und", jetzt flüsterte Susanne, „ich glaube, Alfongks hatte da drinnen Hörner auf dem Kopf, leuchtende Hörner! Wir brauchten gar keine Taschenlampe. Als wir zum Ausgang kamen, waren die Hörner aber wieder verschwunden. Das war komisch."

„Hast du ein wenig Angst gehabt?", fragte ihre Tante forschend.

„Nein, habe ich nicht. Wovor denn? Ich mag Alfongks."

„Und wenn dir jemand sagen würde, dass er ein Teufelswesen ist, was wäre dann?"

"Weiß nicht. Ich mag Alfongks."

Frau Kohrs traf sich mit ihrer Freundin Silke im Café Schnibbe, um über Susanne zu reden. Silke hatte ihr eine Überraschung angekündigt.

„Dein verrücktes Nichtchen taucht seit gestern immer wieder im Verkaufsraum auf, sobald jemand den Laden betritt. Noch bevor die Kundin einen Wunsch äußert, übergibt Susanne der Verkäuferin ein paar Schuhe und verschwindet wieder. Und stell dir vor: Jedes Mal sagt die jeweilige Kundin dann hocherfreut, das sind ja genau die Schuhe, die mir vorschweben! Wenn sie sie dann anprobiert, dann passen sie auch noch wie angegossen. Wally, was sind denn das für ungeahnte Talente? Das ist ja fast schon unheimlich, aber ich bin natürlich froh über so überschwänglich zufriedene Kundinnen. Was hältst du denn davon?"

Das war Frau Kohrs auch nicht so ganz geheuer. Als sie ihre Nichte abends ausfragte, hüllte diese sich zuerst in Schweigen, sagte schließlich nur geheimnisvoll lächelnd: „Ach, ich weiß eigentlich auch nicht."

In den folgenden zwei Wochen durfte Susanne nun auch offiziell im Verkaufsraum anwesend sein und der Verkäuferin Schuhe zureichen. Silke hatte deutlich mehr Kundschaft als normalerweise, und doch...

„Wally", sagte sie eines Tages beim After-Work-Cocktail, „ich weiß gar nicht, wie ich es ausdrücken soll, aber irgendetwas beunruhigt mich an deiner Nichte und anscheinend manche Kunden auch. Sie ist extrem schüchtern, klar, das ist ja nichts Unsympathisches, aber irgendwie ... Eine Kundin meinte, sie wäre ihr unheimlich. Und der Trecken – du kennst ihn ja, Trecki von der Sparkasse – sagte, seine Frau habe Angst vor ihren neuesten Schuhen, obwohl sie so wunderschön sind. Angst vor Schuhen! So etwas habe ich ja nun noch nie gehört! Und ihm selbst seien die Schuhe seiner Frau nicht etwa unheimlich, sondern sie würden ihn erotisch antörnen. Und die kleine Verkäuferin übrigens auch, sagte er."

„Also! Silke!", brachte Frau Kohrs ungehalten hervor. „Natürlich können Schuhe einen antörnen, Schuhfetischisten eben. Aber Susanne doch nicht!"

„Bist du dir da so sicher? Sie hat so was ... ach, ich weiß auch nicht was. Also: Sie hat mir gestern ein Paar Stiefel angepasst, weil ich mal erfahren wollte, wie es meinen Kundinnen ergeht. Wie sie langsam an der Seite den Reißverschluss hochzog, dabei mit der anderen Hand meine Wade umfasste, das weiche Leder an meinem Bein glattstrich – da wurde mir ganz anders. Ja, du lachst! Aber da war etwas Verruchtes – ich kann es ja selbst kaum glauben."

Frau Kohrs war erst einmal verblüfft. Ihre Susanne? Unheimlich – ja klar, das konnte sie sich schon vorstellen, sie kannte ja die Menschen. Aber erotisch? War sie selbst in letzter Zeit womöglich blind für die Entwicklung ihrer Nichte gewesen?

Für zunehmend viele Kunden wurde das Unbehagen über die neue Verkaufskraft im Laden größer als die Freude über gut passende schöne Schuhe, und die Stammkunden äußerten das auch immer deutlicher. Silke rief schließlich ihre Freundin an und stellte die Situation dar.

„Wally, wir müssen den Versuch leider abbrechen, das tut mir leid. Aber du verstehst mich, oder?"

Susanne war völlig verzweifelt. Sie hatte sich größte Mühe gegeben, ihre Gabe sorgsam eingesetzt und sogar weiter entwickelt. Daher konnte sie nicht verstehen, was trotzdem schief gelaufen war. Sie hatte jetzt an nichts mehr Interesse, am liebsten wolle sie gar nicht mehr leben, sagte sie.

‚Waltraud, jetzt ist guter Rat teuer', sagte Frau Kohrs zu sich selbst. Na ja - ein leerer Spruch. Sie ahnte längst, dass Alfons' Lösungsvorschlag wahrscheinlich ohne Alternative war: Die Ganz Große Reise. Aber das musste gut überlegt und vorbereitet werden.

Susanne wich ihr aus und hielt sich in den folgenden Tagen nur noch im Wald auf. Frau Kohrs machte sich keine Sorgen, weil Alfons mit Sicherheit über Susanne wachte.

„Ich habe heute Alfongks getroffen", erzählte Susanne eines Abends, „wir waren zusammen auf dem Hausberg.

Wir haben zuerst die Ziegen gefüttert, Alfongks kennt sie gut. Die sehen aus wie Teufel auf den Bildern, sie haben ganz tolle Augen! Ich glaube", jetzt flüsterte Susanne, „sie kommen aus dem Eigentlichen Reich, aber Alfongks wollte nichts dazu sagen. Dann hat er mir etwas zu trinken bestellt, und er hat dauernd Witze gemacht. Ich musste die ganze Zeit lachen, obwohl ich doch eigentlich traurig bin. Aber du, du bist überhaupt nicht mehr so lustig wie früher, du guckst mich jetzt immer ganz ernst an."

Ach ja, das Mädel hatte wohl recht. Auch Nicki hatte schon gesagt, sie sei eine richtige Trantüte geworden, eine spießige Glucke, eine trübe Tasse, eine verbiesterte Langweilerin! Vielleicht stimmte das ja. Das Sorgen-machen nützte nichts und bedrückte Susanne anscheinend noch zusätzlich.

Alfons und sie mussten jetzt gemeinsam mit Susanne über die Ganz Große Reise sprechen, die sie ihr vorschlagen wollten. Die Reise in das Eigentliche Reich.

Alfons liebte große Theatralik und wählte Ort und Zeitpunkt für diese Unterredung aus: Um Mitternacht auf der Rosstrappe bei Thale, möglichst bei Sturm, am besten bei Gewitter. Frau Kohrs lebte bei dieser Vorstellung auf, aber ob solch ein Grusel-Setting für Susanne schon geeignet wäre?

Als sie zu dem steilen Felsen im Bodetal flogen, gab es – leider, meinte Alfons, habe er das nicht arrangieren können – weder Sturm noch Gewitter. Aber wenigstens leichten Nebel, der die Welt gespenstisch aussehen ließ und nur schemenhaft Umrisse zu erkennen gab.

Susanne war still und hörte aufmerksam und konzentriert zu, fast lauernd. Ihre Augen leuchteten in einem unwirklichen Blau in der Dunkelheit. Schließlich sagte sie mit klarer und fester Stimme:

„Dahin will ich schon lange. In das Eigentliche Reich! Wann kann ich dahin? Und wie?"

Alfons lachte - oder kicherte eher - diabolisch über sich selbst. Er hatte sich diese Unterhaltung wirklich sehr viel dramatischer vorgestellt, eigentlich sogar erhofft. Frau Kohrs wunderte sich weniger über ihre Nichte. Sie wusste ja längst, dass Susanne nur Menschen gegenüber ängstlich war, sich sonst jedoch vor fast nichts fürchtete.

In den kommenden Tagen war Susanne allerdings nicht ganz so cool wie auf dem nächtlichen Felsen. Vor allem, dass ihre Tante und die anderen unter den Menschen lebenden Hexen niemals das Eigentliche Reich besuchen konnten, bedrückte sie. Würde sie sie nie wiedersehen?

„Doch, doch, zum Sabbat treffen sich ja alle, aus beiden Reichen. Und, ganz wichtig: Du kannst ja in unsere Welt hier kommen, wann immer dir danach ist. Allerdings nur stundenweise. Um Mitternacht musst du immer wieder zu Hause sein. Also in deinem neuen Zuhause, meine ich natürlich. Du kannst tagsüber zum Beispiel hier auch deine Eltern besuchen."

„Oder ins Kino gehen."

„Genau: oder ins Kino gehen." Frau Kohrs lachte.

Susannes Eltern hatten nur sehr widerstrebend die Entscheidung ihrer Tochter akzeptiert und hofften, sie würde eines Tages noch ‚vernünftig' werden. Ein einziges Mal nämlich durfte eine Hexe diesen Entschluss revidieren, dann allerdings endgültig.

Alfons lebte in beiden Welten. Es würde seine Aufgabe sein, Susanne von der menschlichen Welt zum Eigentlichen Reich zu begleiten. Diese Ganz Große Reise kam nur alle paar Jahre vor und galt in der Hexenwelt immer als eine Sensation. Als Kompromiss zwischen Alfons' Bedürfnis nach großen Inszenierungen und Frau Kohrs' Wunsch, Susanne nicht zu verschrecken, wurde ihr die kleine Feier-Variante für das große Ereignis angeboten: Blitz und Donner beim Betreten des Stollens, der in die andere Welt führte. Vielleicht noch ein wüster Wolkenbruch.

Die kleine Variante? Aber nein, doch nicht mit Susanne - sie wollte das volle Programm!

Frau Kohrs saß mit ihren Freundinnen Nicki und Silke an der Theke in ihrer Stammkneipe und nippte erwartungsvoll an ihrem Mojito. Draußen herrschte sehr unruhiges Wetter. Der Wind, der schon am Nachmittag aufgekommen war, hatte offensichtlich stark zugenommen und fegte jetzt in die Kneipe, als ein neuer Gast die Tür öffnete.

„Was für ein Wetter! Da ist ja der Teufel los! Man möchte keinen Hund vor die Tür jagen. Überall über den Bergen Wetterleuchten. Das gibt heute noch richtig was, da bin ich sicher."

Der Mann bestellte sich erst einmal einen Klaren. Und er behielt recht, es ,gab noch was': Draußen entwickelte sich ein ungewöhnlich heftiges Gewitter.

Ein junges Paar, das etwas später atemlos hereinstürzte, berichtete von einem ganz merkwürdigen Geruch in der Luft. So ähnlich wie Schwefel, meinten sie. Und Eulen, mindestens fünfzehn, seien gerade mit lautem Geschrei über ihre Köpfe hinweggerauscht. „Ihr habt doch bestimmt auch die Ziegen gehört, die eben hier an der Kneipe vorbeigejagt sind, oder? Mit Gemecker und wilden Bocksprüngen. Oh Mann, da draußen geht echt die Post ab! Ein Höllenlärm!"

Während die beiden noch aufgeregt erzählten, erzitterte plötzlich das Haus durch einen gewaltigen Donnerschlag.

Selbst als der Strom ausfiel, war Frau Kohrs die Einzige, die bei dem Tohuwabohu entspannt blieb. Mit einem versonnenen Lächeln saß sie auf ihrem Barhocker.

,Welch ein grandioses Spektakel für mein verrücktes Nichtchen!'

Wieder einige Monate später war Frau Kohrs mit ihrer Freundin Ute in Northeim verabredet. Im ‚Theater der Nacht' lief das Figurenspiel ‚Wunschpunsch'. Frau Kohrs fand es immer aufs Neue erheiternd und anrührend zu sehen, wie die Kreativen unter den Menschen Hexen- und Teufelsthemen verarbeiteten. Die Inszenierung gefiel ihr, aber auch die Dekoration des Theaters. Dieser Märchenstil war natürlich himmelweit entfernt von der Designer-Welt, in der sie selbst lebte und arbeitete. Für sie ein Art nostalgischer Folklore.

In der Pause stand sie mit ihrer Freundin im Foyer und trank – passend – einen sogenannten Wunsch- punsch. Ute schaute plötzlich aufmerksam zur Wand hinter Frau Kohrs' Rücken.

„Ich habe deine Nichte Susanne ja nur einmal gesehen, aber dahinten steht ein junges Mädchen, das ihr irgendwie ähnlich sieht, obwohl... auch wieder so ganz anders. Überhaupt - was ist denn eigentlich aus ihr geworden?"

Frau Kohrs drehte sich um und sah das junge Mädchen: Eigenwillige hellblonde Kurzhaarfrisur, gepiercete Augenbrauen, eng anliegendes schwarzes Kleid, sehr kurz, blickdichte schwarze Strumpfhose und Overknees-Stiefel in einem ungewöhnlichen Grün.

Tatsächlich Susanne! Ihr einstmals unbeholfenes Nichtchen mit den pastellfarbenen Kleinkindklamotten!

Aber die größte Veränderung schien eine innere zu sein: Susanne zog nicht die Schultern hoch, sie bewegte sich verhalten aber sicher, ihre Augen und ihre Mimik strahlten eine tiefe Zufriedenheit aus, amüsiert und listig. Vielleicht auch lasziv.

Neben Susanne stand ein junger Mann, lässig, ganz in Schwarz und gruftig geschminkt, mit einem Stachelkamm aus fuchsroten Haaren. Ein zweiter trat gerade zu ihnen mit Getränken in der Hand, auch er in einem langen schwarzen Mantel, bleich, gepiercet, jedoch mit tiefschwarzen Haaren, die zu einem Pferdeschwanz gebunden waren.

„Das Mädchen ist tatsächlich meine Susanne. Komm, Ute, wir gehen mal zu ihnen! Was für attraktive junge Männer!"

Sie würde sich später etwas überlegen, um die Geschichte über den Verbleib ihrer kleinen Nichte, die sie ihren Freundinnen bisher erzählt hatte, dieser neuen Entwicklung anzupassen.

Im ersten Moment sah Frau Kohrs in Susannes Augen Wiedersehensfreude, auch etwas Zärtlichkeit und kindlichen Stolz. Doch dann war die junge Frau wieder ganz in ihrer neuen Rolle. Souverän und mit frivolem Lächeln stellte sie die jungen Männer vor: „Das sind meine ständigen Begleiter Fegefeuer und Schlotfeger."

Ute lächelte amüsiert darüber, wie diese jungen Leute nicht nur ihr Outfit, sondern offensichtlich auch ihre Namen diesem Theaterbesuch angepasst hatten. Frau Kohrs jedoch sagte nur: „Oh!" Einen Augenblick lang vergaß sie sogar, den Mund zu schließen und sah ungewohnt töricht aus. Fegefeuer und Schlotfeger?!

Susanne blickte sie listig und triumphierend an.

Ihre Tante fasste sich wieder. Ute unterhielt sich mit den jungen Männern über den gefühlten Alkoholgehalt des Wunschpunschs, den sie alle fünf gerade tranken. Währenddessen raunte Frau Kohrs ihrer Nichte ins Ohr:

„Der schwarze Schlotfeger gehört aber mir, erinnerst du dich?"

„Oh nein! Ich erinnere mich nämlich gut. Wir hatten ja sowieso mal getauscht, aber jedenfalls durfte ich trotz meiner Bitten keinen von beiden aus der Einhornhöhle mitnehmen. Liebes Tantchen, diese beiden hier gehören ganz mir!"

‚Diese kleine Hexe!' dachte Frau Kohrs. Aber, na gut. Sie selbst war schließlich auch kein Kind von Traurigkeit. Wie Alfons immer wieder meinte sagen zu müssen.

„Eine Herumtreiberin", hielt er ihr manchmal eifersüchtig vor, „ein Harzfeger".

Übersichtskarte Hexenland Harz

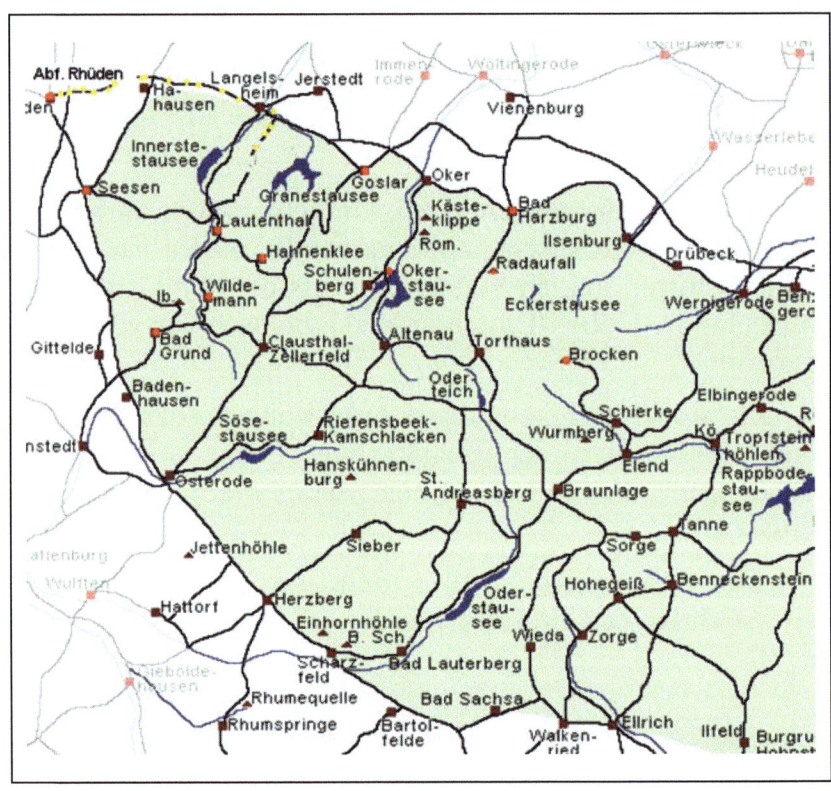

Lore I. Lehmann

wurde 1939 in Hannover geboren. Die folgenden Kriegsjahre verbrachte sie auf der Flucht vor Bombardierungen mit ihren Eltern an wechselnden Orten – unter anderem in Wernigerode im Harz bei ihrem Großvater. Damals und später in den Schulferien hörte sie von ihm viele geheimnisvolle Harzer Sagen und Märchen.

Nach Schule, Dolmetscherseminar und einem Volontariat in einem Kairoer Kinderheim lebte sie in Hamburg und Göttingen. In Hannover studierte sie Sonderpädagogik, und bis 2004 arbeitete sie als Förderschullehrerin im südlichen Niedersachsen. In ihren ersten sechs Dienstjahren unterrichtete sie am nördlichen Harzrand und wohnte mitten im gebirgigen Hexenland, in Lautenthal.

Seit ihrer Pensionierung besucht Lore I. Lehmann die UDL (Universität des Dritten Lebensalters) Göttingen und nimmt unter anderem an der offenen Schreibwerkstatt teil, in deren Rahmen sie die vorliegende Geschichte schrieb. Die Idee dazu und das grobe Gerüst der Handlung entwickelte sie während eines gemeinsamen Schreibausflugs auf der Terrasse des Hausbergs hoch oben über Bad Lauterberg.

Von derselben Autorin:

Adelheid
Das Geheimnis von Brunshausen

13. Jahrhundert im Kloster:
Ein junges Mädchen will unbedingt Buchmalerin werden.
Sie erlebt Schönes, Spannendes, Ärgerliches, Witziges und auch Gefährliches.

Taschenbuch, 112 Seiten 5, 99 Euro

ISBN 9783739234786

Die Geschichte „Harzfeger" erschien zuerst in einer
Anthologie der Schreibwerkstatt der UdL Göttingen:

**Zauberwerk
aus
Lauterbergk**

Sagen, Märchen,
fantastische
Geschichten und
Gedichte aus dem
Harz.
Frech, lustig, ernst.

Hardcover,
glänzend, DIN A 5,
204 Seiten,
Kunstdruckpapier,
magische Bilder,
9 Euro.

Zu erhalten über: gfpfeifer@web.de